詩集

蒲の穂わたに

井上尚美

詩集　蒲の穂わたに＊目次

詩集　蒲の穂わたに

蒲の穂わたに

さみしい癖

引いていく闇の中に残光を放つ星
を　見つけると少し嬉しい
切っ先の鋭い残月がひとつ
という朝　それも少しだけ嬉しい
目覚めて直ぐ窓を開け今日の運気を占う
それが日常になってしまった　さみしい癖
夜明けの匂いが静かに寄せてくる

午後五時　今日は雨

痩せた木々の黒い影がぬらっと立っている
寄り合って何かを密談しているらしい
夜のまんまの庭
訳のわからない腹立たしさが押し寄せてくる
濡れしょぼたれた心で台所へ
その時　男の部屋から力の抜けた声がかかる
雨だね　しとしと冷たい雨だね
男は女より先にあの影を見ていたのだ

おいしい朝ごはんつくるから　待っていてね
芝居じみた明るい声で　おいしいごはんだなんて
今までそんなこと一度も言ったことないのに
小細工はとっくに見破られているだろう
男の切なさを女が透視しているように

五日後男は抗がん剤治療を始める
放っておけば三ヵ月の命
医師が見積もる男の余命

雨脚が強まる
——さあ　かかっておいで
腕まくりをして
切れあじ抜群の包丁を握りしめて
今日の前に　立つ

裏道

がん病棟への往復は人気のない裏道を選んでいる
このいじましさが嫌いである
が　屈託のない笑顔に出会うのはもっと嫌いである

中学校のグラウンドを廻る細道を歩いていると
先生に引率された保育園児の集団がやってきた
まだ二歳くらい
膨らんだお尻がぽよぽよと弾んでいる
みんな猫じゃらしを握っている

沢山握っている子　たった一本を握りしめている子
――これ　とった　とひとりが見せると
――これとった　と次々に収穫物を見せにくる
私は（かごめかごめ）の籠の中の鳥になっている
一瞬　恐怖に近いおののき
（いついつ出やる）
早く出たい　この包囲網から（全ての包囲網から）
ふわんふわんの心に囲まれていてさえ　たじろぐのは
私が幼児以下の脆さを持っているということ
薄氷のひび割れからじゅくじゅくと染み出す水の侘しさ
ざらついた冬の陽ざし
手を振りながら消えていったグラウンドの向こうから
湧きあがる泣き声
――イタイノイタイノトンデイケー

先生の歌うような声
真ん丸に膨らんでいるように見える幼児の心にも
猫じゃらしの穂先ほどの寂しさが……
それでなければ　この私など囲むものか

遠くなっていく泣き声
――イタイノイタイノトンデイケー

蒲の穂わたに

日焼けした精悍さは二ヵ月で消えた
男はつるりんとした剝きたての辣韮顔になる
抗がん剤治療中の隙間　二時間の散歩許可がでる
うらうらと穏やかな午後
病院から徒歩で二十分程の薔薇公園に行く
男にとって久しぶりの外気浴
勇んで深呼吸をするが足に力が入らないと嘆く
通常の二倍を掛けて薔薇公園到着
じっと薔薇を見つめている

が　見ているのは薔薇ではないらしい
花がいつでも人の慰めになるとは限らない
心ここに在らずの状態で眺めれば
花の色香もここに在らずだ

貯水池で蒲の群生に出あう
蒲色の口を閉じたままのもの
弾けて白い穂わたを噴き出しているもの
男は初めて目にしたらしい　それを指して
あれは何　と聞くので
――蒲の穂わたにくるまれば　兎は元の白兎
歌ってやると
――因幡の白兎か
それ切り話は展開しない

いま　男の内には皮を剝かれて赤裸の兎が蹲っている
微かな風にも水音にも震える兎
時間は残っているのにもう帰る　と言いはじめる
白壁の檻の中が一番安全なのかもしれない
真紅の薔薇も紅葉のはじまった木々も
男の目には映っていないのだ

穂わたが揺れる山際の道を
兎の歩調にあわせ　大黒さんの心で歩く

温泉

――手術の前に　いちど温泉に浸かりたい
十二時間に及ぶという
手術説明を聞き終えたところで男が医師に懇願している
抗がん剤治療の効果が全く表れていない
病巣画像から目を離すことなく
――今　レジオネラ菌を吸いこんだら
うすい命が益々うすくなる
近くの紅葉で我慢しましょう　と言う医師

温泉を諦めれば命にあつみが増すとか
駄目ならば紅葉に　といった択一問題ではない
（それは医師も承知の上での回答である）
互いの腹の内を探り合う淋しさ
——青年のころ
無傷の体で泳ぎ渡った故郷の川へもう一度
その方がもっと真っ当だったのだ　が

帰り道　仰せ通りに森林公園に寄る
すでに紅葉は終わり
すらりとした裸身を剝き出しにした木々が
影をひいて整列している
脱ぎ捨てられた色とりどりの衣
その上をうすい命が静かに歩いていく

さわさわと体の真ん中に突き上げてくるもの
からからと逃げるように野を走っていくもの
我武者羅に歩き続けてきた足首を摑まれたまま
他者に委ねるしかない命

樹林の中にぽっかりあいた小さな空は
天空の露天風呂
波一つ立てず　音も立てずに
無常が渡っていく
男の頭上で
梢の指先が湯加減でも見るように
小さな空をかき混ぜている

祈りの道

現役時代の男は
土曜日も日曜日も会社へ出かけて行った
子供と遊ばない父親
家庭を顧みない夫
当時流行りのレッテルを自らに貼り
業績ばかりを気にして
会社を背負って立っている顔をしていた

生傷は絶えなかったけれど

病気ひとつしない丈夫な子よ
姑は息子を自慢したが
発条だって巻きすぎれば切れる
今　抗がん剤の点滴に繋がれて
秋の病室にいる
死ぬまで稼ぎ続ける運命にあるらしい
給料天引きで払い続けたがん保険が
漸くお役に立つ時がきた
点滴のポトリポトリが金色に輝いて見えるよ
と　おどけて見せるが
陽射しが斜めに入る部屋で
あなたが居ればお金なんかいらない
と　いうのも本音
感染予防対策の個室で

室料だけで一日一万円かかるから
お道化にのったふりをして　稼いで頂戴
と　いうのも本音

ポトリポトリが色を失う頃
では　また明日
滲み始めた夕日を背負って
人通りの少ない　いつもの道を
木々や草々や遠くの家々の灯りに向かって
病室で言えなかった言葉を
祈りのように
ざわつく風に混ぜ込んで　明かりの灯らない家に帰る

夢の中で

耳をすましてごらん
水の音がするよ
赤八汐の群落を見るために大札山へ登山中
男が足を止めて一本の木を指さした
その木を抱きしめて耳を押しあてる
さわさわとわたしの周りを風が
男も反対側から耳を押しあてている
男には聞こえているのだろうか
小川のように　さらさらか

点滴のように　ぽとりぽとりか
わたしには聞こえない
聞こえるふりをして木を抱いていた
胸さわぎのような風
本当は聞いていたよ　わたし
男の中をドッドッと流れるいのちの音を

山頂では震える風の中で
赤八汐はいのちを全開にして咲きほこり
霞のようにたなびいて空を覆っている
わたしたちは仰向いたまま
木になり動けなくなっていた
二本の木のあいだを八汐色の水が

循環していく

ぽとりぽとり
さらさら
ドッドッ
だんだん激しく
更に激しく

その時　風が
……あっ　まだ醒めないで

風の言伝

カランシャリン

深夜父から電話がかかる
笹の葉が板塀を逆なでしている

眠れないのね　今夜も
そうでもないのだが
この期に及んで何を気取っているか
夜更けの電話が寝ていない証拠
呑んでいるのね

グラスの中で氷が触れ合う音がする
行ったことのない遠い国の
氷山のぶっつかりあう海を私はいつも思う

人伝の記憶だが
海軍中尉の若い日の父は随分格好良くて
真っ白な夏の制服を着て帰省すると
町中の女たちがざわめいたって
これは従兄の少しやっかみが入った話
その頃の父を私は知らない
知らないけれど　会ったような気がする
眠れない夜に
カランシャリンと氷を揺らしながら
娘に電話してくる父は知らないにしたい

若いままの妻を亡くし天童と言われた長男を喪い
広い家に一人きりで　寂しいよね
父の心を代弁したところで目覚める

修行僧の錫杖のような
取り込み忘れた秋の風鈴のような
グラスに蹲る侘しい音
呑もう飲もう一緒に　と言おうとしたのに
もう父はいないのだった

わっと寝室に押し寄せる冷ややかな氷塊
だれか　誰か
私のカランシャリンを聞いてくれないか

弟が立っている

光あふれるフルーツ店前のバス停に
塾帰りらしい少年が立っている
バス停には少年の姿しかない

せわしく人が行き交う暮れの町
薄ぼんやり売り物の影が並ぶ萬屋前のバス停
七、八人の列の中に五歳の弟がいる
園服に園のカバン
大人に囲まれているので誰も怪しまない

傍にいる誰かが保護者だと其々が思っていたのだろう
敗戦七年目　我が家は安定にはほど遠い冬の事
事の起こりは何であったか
軍人気質の抜けない失業中の父親にこっぴどく叱られて
弟は家を飛び出しバスに乗ったのだ
（半年前まで暮らしていた祖母の家を目指したのだろう）

保護者風の大人は次々降車してゆき弟は一人になった
やがて　バス会社から連絡が入り
父は自転車で飛び出していった
一時間余の道のりを自転車の前と後ろで
どんな濃密な時間が流れたのか
弟は不思議なほど晴れやかな顔で帰ってきた

今　病室で父は訪れない弟を待っている
——まだあの日の事を拗ねているのか
誰の手のどんな手順によるものなのか
父の中で残されたものと消されたもの
——親より先に逝くやつがあるか
見栄も外聞もなく泣いて送ったのに
父の中で生き続ける弟

父を見舞った帰り道
車窓から垣間見るバス停に立つ少年
その面立ちが　日毎に弟になっていく

鶏頭

空模様を気にしながら
遠足のザックを開けたり閉めたり
先生の判断を待っている
その時ざわついた教室に梅子の母が入ってきた
先生に一礼すると梅子の席に近づき
──どうして帰ってこない
──みんなと遠足に行きたい
次の瞬間平手打ちが飛んで梅子は机の下に消えた
そして力ずくで教室から引き摺り出され

並んで帰っていった

梅子の家は露店商だった
近在で祭りがあると学校を休んだ
村祭りの日
姉妹でかき氷を売るのを見たことがある
姉が氷をかき梅子が蜜をかける
けばけばしい鶏頭のようなかき氷が
手際よく客の手にわたっていく
みごとな連携プレイだった
その横で兄も痰切飴を砕いていた
まだ全てが貧しい時代だった

遠足は決行と決まり

私たちは大崩海岸を目指して歩いていた
ひとつ山際の道を梅子たち一行が歩いている
商売道具を積んだ大八車
隅に弟と妹が座り梅子たちは大八車に手を添えて
大声で歌をうたっていた
遠足の私たちよりはるかに楽しそうだった
先生も手出しできなかったビンタ
机の下に吹っ飛んだ梅子の身のしなやかさ
大人びた雰囲気を持つ梅子に私は淡い憧れを持っていた

今　梅子の所在は不明である
炎天下　鶏頭が見事に咲き競っている

運動会

ホイッスルが鳴って一斉に駆け出す
みんなあっという間に
鯛とも鯉とも見分けがつかない魚を釣り上げて
ひらひらと頭上に泳がせてゴールインしていく
セピア色の校舎の前には父兄や生徒がいっぱい

魚釣り競走をやります
そのための魚をつくりましょう
六歳　はじめての運動会

図工の時間に思い思いの魚をつくる
魚が出来あがると
口のところに針金を通して輪っかをつくる
釣竿もつくる
細い竹の先に細い縄
その縄の先に針金を曲げた釣針をつける
手製の魚を手製の釣竿で釣り上げるのだ

自分のつくったものが自分の前にあるとは限りません
わたしのつくった魚は釣りやすいように
輪っかを立てて置いた
勢いよく駆け出したが　わたしの釣るはずの魚は
砂に隠れようとするヒラメのように
輪っかがグラウンドに食い込むように寝そべっている

何度ひっかけようとしても釣針はかからない
空になったライン上に次の走者のための魚が並べられる
魚の眼が私をにらむ
校庭中の眼が私を刺す
野良仕事を休んでやって来た父と母の眼がいたい

意地悪　誰の仕業だ
地団駄踏んでいると先生が駆けてきて
釣針に輪っかをかけて背中を押した
一生分の理不尽と憐憫が校庭に満ちている

運動会　大嫌い

風の言伝

親戚縁者に死者が出ると
声のよく通る子供の出番となる
日向山で働く父ちゃんに連絡しておくれ
電話もましてや携帯電話はまだ夢の時代
この山深い村まで連絡を携えてやって来た縁者は
汗を拭き拭き徒歩でやって来たのだ

私は歩いて十分程の茶の木段に向かう
そこは四方の山が見渡せる小高い丘

家族が働く山の方角を向いて口元に手でラッパをつくり
「おじさんが死んだぁ　直ぐ帰れぇ」と叫ぶ
大役を終えて歩いていると
後ろから駆け足の父が私を追い抜いて行く
父を追いかけるが追いついたことはない

長閑な時代だったともいえるが
言伝には悲しみだけが詰まっていた
兄のように慕っていたカツミが死んだときは
「カツミ」を連呼するだけで　死んだとは言えなかった
風は悲しみを確実に伝えてくれ
父は駆け足で下りてきた

カナリヤ諸島のラ・ゴメラ島では

今でも口笛言語があって
深い谷の向こうに暮らす人々と
交信しあうそうだ
美しい口笛が谷を渡って行くなんて　素敵だ
「きみが好きだ」と語り合えたら　なお素敵
なかには「母ちゃんが今朝死んだぁ」も　あるかもしれない
その時　谷を渡る風は
口笛をやさしくつつんで運んで行ったことだろう

故郷で山守のように暮らすキミちゃんは
今でも風の強い夜
「カツミ」と呼ぶ声が聞こえると伝えてくる

窓

車窓《まど》

次の停車駅を告げ電車は徐行し始める
山と川に挟まれた単線の小駅近く
山あいから
鄙びた街道に沿った町並みがあらわれる
影絵のような家々
「駿河屋」と幽かに読み取れる
勝手口が開いて男がでてくる
無遠慮に見つめてしまう
男も踏み出した足を止めて私をじいっと見ている

冬のダム湖のような淋しい目だ
私の目もそれに近かっただろう
裏庭の木立のあいだにも放棄された
逆さ剝けのような「駿河屋」の看板
立ちどころに男の辿ったドラマを想像する
私の悪い癖だ
男もまだ私を見ている
男も悪い癖をもっているのかもしれない
一人旅のほんの一瞬
けれど　本日一番の強烈な視線の絡み合い
もう　再び出会うことのない目と目が
少し漣立って少しざわついていてすれ違っていく
——お達者で
私の降車駅はまだ　ずっと先

挨拶

私鉄と在来線が交わる小駅で
二人の幼子を連れたお母さんが乗車してくる
幼子たちは空席に荷物のように転がり
母親は網棚にスーツケースを置くと
窓の外をしきりに気にしている
発車を告げるベルが鳴る
寛ぎの体の幼子に母親は無言の合図をおくる
閉まりかけたドアの向こうの人に
母親は帽子を脱ぎ深々と頭をさげる

幼子も揃いのピケ帽を脱ぎ母親を倣う
ホームに立つ人の姿や声は私には届かない　が
深く頭をさげているに違いない
扉の向こうとこちら側の陽だまりのような静寂
幼子のスカートを少し揺らして　私も揺らして
ドアは閉まる

ホームは後ろにさがり電車はトンネルに入る
車内灯に照らされて窓に親子が映る
緊張をといた顔が何か囁き合っている
楽しそうに笑っている

トンネルを抜けると茶畑が広がる

ひたすら緑を追いかけていく車窓
私の降りる駅
萌黄いろに包まれて三人は眠っていた
——ごきげんよう　お元気で

夏休み

開け放ったわたしの窓に
風が幼子の歓声を放り込んでいく
追いかけて若い母親の声も
いつもは閑静な住宅地

この地に来たばかりの頃
——蟬を取らしてください
虫取り網をかざしてやって来た少年が
髭面で子供の手を引いて通る

流しそうめんを楽しんだ時
そうめんが掬えず泣き喚いた少女が
ハンサムな若者と並んで歩いている

人生の真ん中辺りで汗滴らせている息子から
——今年は帰れそうにない　と
連絡があったと隣の主はいう
うちも帰れないのよ
詫びるように囁く人がいる

夕暮れ
蟬しぐれの庭に立ち
ホースの先から迸る水で虹をつくる
この虹を摑み取ろうとした小さな手のことなども

すでに夕焼け色

三日か四日もすれば元の静寂に戻る一瞬のはなやぎ
わたしの中では
すでにひぐらし蟬が鳴き始めている

渋滞を告げるテレビ
事故のニュースなども
無人の居間で　しゃべり続けている

――それでもカエリタイ
――それでもカエレナイ

日記

汲み置きした金盥の中に今日の陽射しがうまれている
窓越しに夾竹桃の赤が揺れ緑をまとった風が過ぎていく

朝いちばんにすること
剝き出しの腕を水に差し入れ
卵焼きの黄みをかき混ぜる手順で
金盥の太陽を攪拌する
私を再生させる清らかな水たち
次にすること

味噌汁の具材を金盥に放り込む
時計回りと反対の水流をつくり
太陽と水と野菜たちを遊ばせる
野菜の背筋がシャキッと伸びて蘇る
染みだらけだけれど健康で無傷の腕が
朝食をつくりはじめる
帰省中の若者たちの胃袋のために

暑くなる兆しが窓に貼りつく
けれど　さわやかな朝
申し分のない　夏の朝だ
青菜いっぱいの味噌汁と卵焼きが出来あがる
階段をドサドサと若い足音が降りてくる
聞き覚えのない足音も交じっている

おかえりなさい

蟬が一斉に鳴きはじめる
今夏　一番の激しさで
八月六日　朝

はじめての旅

――三歳のキミへ

キミの住む町が右窓から大きく見える
大きな川もついてくる
（カエリタイ）
キミはおでこを窓ガラスに押し付けたまま

第一トンネルを抜ける
右後方にまだ町がはっきり見える
（ココカラナラ　カエレル）
窓におでこをつけたまま体を捻っている

第二トンネルを抜ける
川べりの街路樹の間から町が見える
（マダ　カエレソウ）
第三トンネルを抜ける
後ろの窓から遠く町が見える
絵本の中の町並みになっている
（モウ　カエレナイ　カナ）
キミは後ろ向きになって町を見ている
急坂が続き　山の向こうへ
寄り添ってきた川が消えていく
第四トンネルに入る
絵本を閉じたように町は消えていた
キミは心の（コトバ）も消し去る
長いトンネルを抜けると明るい街並みが現れる

キミは進行方向に向き直り初めて声を発する

みずぼうそうでほいくえんにいけないよ
パパもママもおしごとだから
おうちにひとりでいられないよ

キミは饒舌になり
さらに饒舌になって
言葉で涙を堰き止めている

（キミの見えることばも
キミの見えないコトバも）
わたしの見えない手で
ぜんぶ抱きしめているよ

お留守番

ゲンちゃんがおやつのパンを食べている
細い指ですこしずつちぎりながら食べている
ママに教えられたとおり
きちんとお座りして食べている
次に思い切りがぶりとかみついた
クリームが口の周りにとび出した
指で口の周りのクリームをしごいている
指についたクリームを
隣に相似形で座っているタマに嘗めさせている

タマは丁寧に拭い取るように嘗める
今度は細くリボンのように切りさいたパンを
タマに食べさせている
ゲンちゃんは　またがぶりと食らいつく
クリームは上手に口に入る

弱くなった陽ざしが窓に張り付く
雀が一羽砂利をつついている
タマもゲンちゃんも無言でそれを見ている
「ただいまっ」ママの声がする
相似形のまま二つの影が突進していく

玄関の方角で
張りつめていたものがぱぁーんと

壊れた音がした

空白の座敷に
指あとのついたパン切れと
爪あとの残るパン切れが
花びらのように散っている

わたしの庭

空《から》の巣

長雨の中の一瞬
奇跡のような陽ざし

夏椿の葉先が微かに揺らめく
揺らめきの底に　ふたつの影
口の中で餌をかみ砕いているらしい親鳥
口を開けて待つ子鳥
迂闊にも開けてしまった小窓
親鳥は一瞬のうちに羽をたたみ

細心の態勢で　音もたてず　枝も揺らさず
凡そ鳥らしくない伝い歩きで
天辺まで移動していく
やがて　静かに飛び立つと
電線の高みで今までの静寂を破り大声で鳴く
――お母さんはここにいるよ　なのか
――敵よ私はここだ　なのか
激しい声はしばらく続き飛び去って行った
子鳥を見ると木の瘤のように固まっている

ほどなく親鳥は戻り
子鳥は身じろぎもせず餌を受け取っている
親も子も全身を警戒の目にして
守ることと守られることに徹している

鳩尾あたりに空の巣を抱く私
且つて私にもあった
かくもひたむきなひと時
夏椿はそよりとも揺れずに
秘儀のようないのちの交感を見守っている

遠い空に
うすい虹が立っている

わたしの庭

真夏の白昼
車庫前のコンクリートの上を
ミミズが横断しようとしている
お日さまは　ガンガンジリジリ
蛇腹状の背中に降りそそぐ
——おいおい
(自殺行為だぜ　途中で死ぬぜ) 天の声?

わたしの庭の耕し屋

手を差しのべたいが手の在処がわからない
縮んだ分だけ伸びて伸びた分だけ縮んで
コンクリート大陸をゆっくり渡る
寸足らずの紐状の何処かに
羅針盤のようなものが組み込まれているのか
柿の木下の暗がりからドクダミの森へ
無事に辿り着くと根方の石ころの間に
ドリルのような頭を徐々に滑り込ませ
やがて地中に消えた
命の一途さを見せつけ　わたしを火照らせ
安堵した　その時
既に茎だけになったパセリに群がる蝶の幼虫たち
(天からの糸にしがみ付く亡者に見えなくもない)

ひとつの庭の炎天下で真逆に近いドラマが
こんな時
わたしの手は何を守るべきか
丹精のパセリか
五分の魂をもつ　一寸の命か

鋭利なジャックナイフを
今日は
手中に折りたたんだまま

夏草や

夏の草は引き抜かない
熱湯をかければいいのよ
花を丹念に育てている人が教えてくれた
どんなツワモノだって
灼熱でぐったりしているところに熱湯でしょ
イチコロよ　とも
ほんの僅か留守をしただけなのに
怠けを嘲笑うように草は庭を占拠
蜥蜴たちが草に絡むように歩きまわり

何度も躓きかける

大きな薬缶ふたつに湯を滾らせる
熱気が両腕から全身になだれ込む
灼熱に熱湯…
草だって生きているのだ　庭先で薬缶をおろす　と
蟬の鳴き声が弾になって撃ってくる
イタイ

満州の曠野を彷徨っていたとき
満たされるあてもないのに
草を見つけると食べつくしたものだ
シベリア還りの従兄の言葉
草一本生えないだろうと言われた地に

熱線で焼かれ更に太陽の灼熱で焼かれた
人たちがいた

何を躊躇っているの　どうせ殺るんでしょ
引き抜くとか　薬とかで
ふたたび薬缶を下げて
そろり草の中に立つ
いつか　草に仕返しをされるだろう
いや　もう　されている

また　あした

みちくさはだめよ
日盛りを避けて草雀りをしている私の耳に
少し怒りを含んだ風が吹いてくる
思わず「はいっ」と呟いてしまった
ぼやっとしてないでしっかり前だけを見てね
少し苛立ちが加わった風が横切っていく
公園への道を見送り
乳母車を押した母親が団地への坂をのぼっていく
のんびり後を追う男の子に前を向いたままの言葉

男の子は立ち止まって笑顔で私にピース
私は男の子にピースの倍返し

ほら　みちくさはだめって言ったでしょう
これは近ごろ段取りの悪くなった私への言葉だ
庭の草々にさえ手が遅いと言われる始末
早くしないともっと蔓延ってやるから　と笑われても
私は私の歩幅でしか歩けない
男の子の歩んできた歳月ほどの時間しか
私に残されていないにしても　だ
目的地に着かないうちに果てるかも知れない

空と山を染めて牧之原台地に落ちていく太陽
午前の光のような男の子が両手を広げて

おーいおーい　またあした
歌うように手を振っている
早く早く日が暮れるよ　母親の急かす声
坂をのぼり始めた幼い影の中に
切なさや悲しみが無いとは言えない
縮んだ背を伸ばし夕闇を押し上げるポーズで
取り残しの草々に呟く
では　またあした

私を少しばかり若返らせて
小さな足音が遠ざかる

明日葉　――いのち

庭の入り口に天を目ざす勢いで
巨大化した明日葉が立っている
春から夏　若みどりの葉を茂らせ
野趣たっぷりのほろ苦さを食卓にあふれさせた

ある日　虫好きの少年が叫んでいる
青虫が明日葉の葉陰に45匹
枝ごとに5匹、10匹、15匹……と数えたそうだ
見事な七夕飾りだ

人間が食べ残した深みどりの葉を貪るように食べている
今に　蛹になるね　そして蝶になるね
学校から帰ると少年は毎日やって来た
葉っぱ　もうじき無くなるけど無事蛹になれるかな
少年の瞳の中に不安が宿りはじめる
予想通り葉は全て無くなり空が露わになった
鮮やかな衣装を纏った青虫の姿もまた露わに
はじめて目にした頭上に広がる青い空
その空を舞う日を一瞬でも青虫は夢見たであろうか
はからずも隠れ蓑を自ら食いつくし
見通しの良くなった高みから
啄む頃合いを狙っている者の出現を察知しえたか
収穫期のえんどう豆のように膨らんで
一筋の紐になった枝に数珠繋がりにしがみ付いている

生きるに一途な小さないのちにも
苦すぎる不条理はあるのだ

次の日　少年の絶叫が聞こえた
いない　一匹もいないよ
宝物の失せた空箱のような瞳の色で
俄かに高くなった　空を仰いでいる

やがて
わたしの庭で二十年生き抜いた明日葉も　絶命

春の会話

蠟梅が香ってくるので
いつもは通らない川の畔の細道を歩いていく
農家の庭先で春独り占めの黄色い花の群れ
目を瞑り全身をハナにして愛でていると
蠟梅お好き？　と住人が立っていた
蠟梅はわたしらに春をおしえ
冬の心をほっこりほぐしてくれる
ところでお住まいはと聞かれたので
蓬平公民館の近くと応えると

あの辺りは蓬がいっぱい生えてね
雛の節句には子供同士で摘みにいったものよ
蓬たち今じゃあ積み木のような家々のお尻の下ね
この辺りの農家の人たち
土地をみんなお金に換えてしまって
この国のサキユキ　大丈夫かしら

住人の風向きが変わったのは　コノアト

敗戦直後
わたしは幼子だったけれど覚えている
なけなしの財産を抱いて食料乞いに来た町の人たち
一張羅らしい着物と僅かな米と野菜の物々交換
途方に暮れた母の顔

私らだって丹精を国に供出しているんだ
こんなもの私は一生着ることはない
そんな呟きもしっかり聞いた
その時わたしは決意したの
食べ物を生んでくれる土地は手放さない
蠟梅の香る黒土の上に整列した青菜のような
威勢のいい言葉を胸にしまって
いただいた
大振りの蠟梅を頭上高く振りかざし
積み木の家に帰る

葉桜の頃

葉桜の頃

全身を桜色に染めて数多の人を憩わせた桜花
今は花の時を終えてジョギングや散策する人を
葉桜の下に楽しませている
真みどりの風と生まれたての光が
私のところまでとどく
朝一番の手術に備えて私は今がん病棟にいる
手際よく準備を進めている看護師
その傍らで家族がそれぞれの面持ちでいる
手術着に着替えた私のパジャマを娘が丁寧に畳んでいる

やがて麻酔薬が注入される点滴の滴るさまを
静かに見つめている夫と息子
無言の励ましを私は全身にあびている

今は　静寂な佇まいの体の一部分でしかない
今日喪失する乳房
心も体も充分に準備できているよ
その時突如　緑の風が吹いて
震えるような至福の一瞬を蘇らせる

初めての授乳のとき
今の今まで身の内に聞いていた鼓動を
私の胸の上で聞く不思議な感動と戦き
誰に教えを乞うたわけでもないのに

小さな蕾のような唇がせりあがってきて
（その可愛さとは裏腹に）
必死に乳房に食らいつく動物的な逞しさ
飲み干して眠りに入る時の花びらから漏れる
いのちの香しさ　その命
どんな強い風雨からも守ってみせるよ

あの日
私は花をすでに脱ぎ捨てていたのだろう
いのちを繋ぐために花を葉に変えることは
とても神秘的で美しい約束ごとなのだ

午前八時半　さあ参りましょうか
ハイキングに誘《いざな》うような看護師の明るい声

マスクの中で

最近　病院で必ず尋ねられること
――生年月日とお名前をお願いします
受付で　採血の窓口で　薬局で　会計で
返答が副音声で飛び交うので
マスクの中の口元が歪む

ある日　受付で奇跡が起こる
質問に応え終わると
――えっ　お若いですねと看護師が言う

――何時も言われるでしょう　とも
初めてですと応えると
――お若いですよ　本当に
マスクの中の口元が美しく緩んだ

外出もままならないコロナのご時世に在って
こんな些細なことで心がほっくりするなんて
少し淋しいけれど　時まさに雪解けの頃
硬い蕚を押しのけて
純白を少しだけ覗かせた木蓮の気分
「異常なし」の医師の言葉も上乗せして
妹に報告すると
悪戯を滲ませた見えない口が笑っている

雨水が幾筋も流れ込む古池みたいな口元
それを取り囲む深い溝　のようなほうれい線
顔の中で年齢が如実にあらわれるところ
それらがすっぽり隠れているのよ　お姉さん
マスクの恩恵ね
容赦のない言葉
古池なる口はマスクの中で耐えるしかない

顔のシワと脳のしわは比例するか
させましょう
一度膨らんだものはそう容易く萎まない

木蓮は　今に　ひらく

あとがき

前詩集『あひるの消えた道』上梓から十年の歳月がながれた。この十年は驚く事が連続して起こった歳月でもある。

人生の終わり近くになって夫婦ふたりに訪れた癌と言う病。現在も病院と無縁状態にはなっていないが見守られているのだと思う事にしている。健康であった時には体験出来なかった貴重な世界を知る事が出来た。またコロナという想像もしなかった災いとも遭遇し自粛と言う高齢者にとって痛手の時間も体験した。一番恐ろしい戦争（ロシアのウクライナ侵攻）が起こり終息の目途がたっていない事、満身創痍の地球が痛ましい。長い年月をかけて築き上げたものが一瞬で消えていく虚しさは今も続いている。犠牲になる罪のない子らの命が痛い。

平和を願ってあとがきを書きながら、この詩集を手に取ってくださった全ての人に感謝いたします。そして詩集出版にあたり土曜美術社出版販売の高木祐子社主をはじめ出版に携わった全ての方々に心から御礼申し上げます。

令和五年秋

井上尚美

著者略歴
井上尚美（いのうえ・なおみ）

1941年　神奈川県横須賀市生まれ

「穂」同人
日本現代詩人会・静岡県詩人会・静岡県文学連盟各会員

詩集 1966年『深海魚』（私家版）
　　 1993年『傾く』（詩学社）
　　 2000年『骨干し』（書肆青樹社）
　　 2013年『あひるの消えた道』（土曜美術社出版販売）
　　 2015年『深海魚』復刻版（私家版）

現住所　〒427-0019　静岡県島田市道悦3丁目18-29

詩集 蒲《がま》の穂《ほ》わたに

発行　二〇二三年十月三十一日

著者　井上尚美
装幀　高島鯉水子
発行者　高木祐子
発行所　土曜美術社出版販売
〒162-0813　東京都新宿区東五軒町三—一〇
電話　〇三—五二二九—〇七三〇
FAX　〇三—五二二九—〇七三二
振替　〇〇一六〇—九—七五六九〇九
印刷・製本　モリモト印刷
ISBN978-4-8120-2800-1　C0092